우리들 이야기
동백꽃

우리들 이야기

동백꽃

유재원

미래시선 128

미래문화사

밤하늘
그대가 초승달이면 이 몸은 노가 되어
세상 곳곳을 떠돌자했지요.
빈 가슴에 그리움 가득 싣고
가는 길 돌아올 수 없다해도
손잡고 떠나자했지요.
흐드러진 별빛 사이를 굽이굽이 돌아
이 땅에 없는 신비를 도란도란
이야기하자했지요.

작은 고무신 벗겨진 곳에 진달래
한없이 흐드러져 피고
바람 빛 졸졸거리며 흐르는 시냇물
송사리 몇 마리가 지금 그리운 것은
무슨 까닭인가요.
낮게 핀 꽃이 비바람 두려워않는다는 말
되뇌며 타버리면 닦은 듯 사라질
불장난을 하고있습니다.

계미년 여름 유재원 씀

차례

시인의 말 · 5

동백꽃 · 1

미련 · 15

강가에서 · 16

줄 · 17

백목련 · 18

사랑하고싶어요 · 19

사랑노래 · 20

새털구름 · 21

복숭아꽃 · 22

사랑 아닌가 · 23

앙코르여행 · 24

동백꽃 · 26

2 · 채송화

31 · 여보세요

32 · 별아

33 · 오늘 (결혼에 부쳐)

35 · 보름달

36 · 인연

37 · 바람

38 · 한강

40 · 라일락

41 · 땀

42 · 약속

43 · 채송화

할미꽃 · 3

어둠 · 49

그리움 · 50

새 · 51

황혼 · 52

이슬 · 53

바다 · 54

입술 · 56

창가에서 · 57

유채꽃 · 59

할미꽃 · 60

4 · 호박꽃

65 · 서민

66 · 사랑

67 · 인생

68 · 흰머리

69 · 어쩌라고

70 · 영산홍

71 · 여름철새

72 · 파도

73 · 메밀꽃

74 · 텃밭

75 · 호박꽃

박꽃 · 5

선녀에게 · 85
밀밭에서 · 86
서리 · 87
불나방 · 88
빈들에 부는 바람 · 89
비닐우산 · 90
분꽃 · 91
들꽃 · 92
새벽이슬 · 93
휴식 · 94
박꽃 · 95

6 · 안개꽃

101 · 압력밥솥

102 · 꽃씨

103 · @

104 · 부부싸움

105 · 비 맞으며

106 · 정육점에서

108 · 길

109 · 사랑한다면

110 · 외로움

111 · 꽃이 필 때까지

113 · 밤길

114 · 안개꽃

참외꽃 · 7

병든 잎새 · 119

새벽이슬 · 120

고향생각 · 121

자리 · 122

홍시 · 123

불륜 · 124

취기 · 125

편지 · 126

우리 사랑 · 127

하얀 눈물 · 128

석류 · 129

참외꽃 · 130

1 • 동백꽃

〈섬〉 장희택 作

미련

그대를 만나 죽을 때까지
내 진정 사랑한 날은 몇 날이나 될까

오늘도 타인과 비교한
그대를 만난 후회가
고목 나무껍질처럼 거칠게 설켜
가슴 깊은 곳에 돌무덤 쌓고
아픔이 무거운 세월 살았다

차라리 그 잊었더라면
지금쯤 나르는 새 되어
솟구친 파란빛 무수히 헤치고
바람 타고 하염없이 날고 있겠지

그대를 만나 지금까지
내 진정 사랑 준 날은 몇 날이나 될까

강가에서

바람이 불었네
그리움이 출렁거렸네

흐르는 달빛 속
가슴 열고
그대 누운 사랑 안아
영혼을 재웠지만

강가에는
시간을 싣고 간
나룻배
어둠을 흔들고 있었네

강물은
떠날 이별을 사랑했고
나는
짧은 사랑을 그리워했네

줄

내 마음 빈곳에
흔들면 소리가 팽창할 줄
그물처럼 묶어놓고

가로줄엔
날개를 달고 나르는 꿈꾸며
사랑 젖은 옷 널고

세로줄엔
아침마다 새 노래 부를
입이 큰 나팔꽃 올리고

사랑이 낡은 옷 입고 떠난
지금은
그대 그리움만 묶어 놓았다

백목련

저기 계절은 가고
내 마음은 아직
함박눈이 내리는데
흰나비 훨훨 날아
가지마다 꿈이 앉았네

부신 몸으로 다가온
하얀 그리움
종소리에 매달린
바람의 날개인가
가지마다 봄이 앉았네

사랑하고싶어요

미친 그리움일까요
잊기 괴로운 이름 하나
어디로 흐를지 모를 냇물에 띄워놓고
둥둥 모두 소원해진
죽음 같은 사랑하고싶어요

비 오는 날은
요란하게 쓸린 빗소리 덮고
몸을 무겁게 덮은 잠으로
다시 일어서지 말아야할
쓰러진 사랑하고싶어요

어둠이 앞을 가려
이제 혼자서는 더 이상 볼 수 없고
아무래도 그대가 찾아와
내 가슴에 안겨 숨을 끊는
미친 사랑하고싶어요

사랑노래

사랑노래는
그리운 마음
곱게 접어 보내는 것이라고
어딘가에 있을 그대
밤의 곤충처럼
지쳐 부르다
슬픈 별 떨어지면
같이 쓰러지고

사랑노래는
아득한 추억
가슴에 묻는 것이라고
떠나간 이름
뭇 바람 지난 바위에 새겨
세월 가도
나만의 꿈이기를

새털구름

깃이 날린다고
새들이 자고 간 것은 아니다

하늘엔 순간순간
뽀얀 조약돌 소리
타고 갈 수레엔 발자국이 어지러운
미친 그리움 다가오고

못 믿을 입술 사이를
바늘 끝처럼 아프게 찔러온
은밀히 발기된 미움
여린 꽃잎 마음껏 헤치고

발 시린 겨울
날개들이 하늘을 저어간다

복숭아꽃

봄 속
나비 되어 날면
위기의 날입니다

너울너울
하늘, 구름처럼 떠나
서쪽나라 노을
내 안으로 번집니다

바람 속은
어느새 붉은 세상
봄입니다

사랑 아닌가

그대
안녕 이란 말은 하지 말라
들길은 걷다가 쉬어보면
구름이 흘러
하늘에 그려지는 그 모습
그것이 사랑 아닌가

별들이 스러지면
종소리 새벽을 깨우고
동트는 가슴으로
무엇을 보려 하지 않는가
부신 빛 속에 눈뜨는 그리움
사랑 아닌가

앙코르여행

지평선 가르고
그리움 풀풀 날리는 붉은 길
바람에 쓸려온 나뭇잎처럼
소풍 같은 마음이 간다

하늘엔 별 닦은 듯 빛나고
누운 달빛이 유유히 떠가는
꿈마저 그렇게 깊어 간
여기는 멀리 남국의 밤

활활 타오르는 태양
그만 잠기고 말 호수에
꽃 등 같은 구름 남기고
대해를 아득히 떠돌아야 했지만

돌아온 억겁의 인연인가
철철 흐른 눈물 굳어
돌마다 인간의 영혼 담고
신의 세상이 열리고 있었다

거칠 것 없이 벗은 알몸
고독은 밀림처럼 가득 밀려

숭배한 돌들이
떨고 있는 인간을 다스리고

돌탑은 빛 속 그림자
검은 젊음 지우고 사라진 넋
늘 푸른 야자나무보다
오늘도 높은 보석으로 빛나는데

그대여
지금 무엇으로 서있는가
잃어버린 슬픈 왕국을
단 한번이라도 기억할 수 있다면

잠시 머물다 떠날 이 땅
그렇게 짧은 사랑 위해
한없는 눈물 흘린 것은
나의 무정한 사치였다

이제 세상 끝은 어디인가
어둠이 스민 외롬의 파도를 타도
잃어버린 왕국을 기억했다면
우리 인생은 진정 아름다웠다

동백꽃

제주도 남쪽 푸른 파도를 가르면 가파도 마라도가 있고 또 그 아래는 멀리 전설의 섬 이어도가 있다.

이어도는 바닷물 속에 잠겨 있기 때문에 엄밀히 말해서 섬이 아니고 수면 가까운 암초라고 부르는 것이 옳지만 먼 옛날에는 바람불면 파도 사이로 찰랑찰랑 얼굴을 내보이는 수면과 동일한 섬이었나보다.

외상 술을 먹고 가파도 되고 마라도 된다는 섬사람들의 이야기 속에 슬픈 이어도 전설이 아직도 내려오는 것을 보면 고기잡이 중에 풍랑을 만난 배가 떠내려가 영영 돌아올 수 없는 저승 한계선이 이어도가 아닌가 생각된다.

지금은 이어도에 부유물을 세워 우리의 섬이라는 것을 확실히 밝히고 있지만 아름다운 전설 하나를 잃어버린 것 같아 서운함 출렁거린다.

흰 물결 부서지는 푸른 남쪽바다를 바라보며 뭍에는 동백꽃이 피고 있다.

이어도의 슬픈 전설을 입에 물고 불어오는 해풍 속에 동백꽃은 영혼마저 붉은 꽃잎으로 피고 있다.

낙조가 아쉬운 듯 꼬막 같은 입술로 맑은 물빛 투정을 바다에 던지며…….

나에게도 불륜은 있었다.

그 여인은 보름달이 뜨면 생리하는 여인처럼 너무도 요염하여 내 마음은 혼절한 채 이미 그 여인에게로 달려가 있었다.

달빛 속의 박꽃처럼 눈부시도록 고요한 자태에 내 사랑 영원히 하면서 내 모든 것을 송두리째 그 여인에게 주었다. 꿈속보다 아득한 사랑에 파묻혀 보름달이 기울고 다시 차 오르고 하기를 몇 번이나 반복했지만 세월이 가고 있음을 알 필요가 전혀 없었다.

왜냐하면 우리에겐 영원한 사랑이 있으니까.

그러던 어느 쌀쌀한 날 내 목안에는 붕어 뼈보다 날카롭고 단단한 가시 하나가 자라나기 시작했다.

그 가시가 커갈수록 가슴은 답답해지고 늘 가위눌린 것처럼 숨쉬기조차 힘겨워졌다. 취한 거리를 마냥 쏘다녀도 홀로 독방에 갇힌 듯 모든 것이 자유롭지가 못했다.

술병을 거꾸로 들고 도랑물 흐르는 말술을 마셔 잠시 정신을 잃어보아도 버려야 할 무엇 그 하나가 버려지지 않았다. 스쳐 가는 불륜을 언뜻 보았던 것이다

내 몸 안에서 질기게도 물러가지 않는 취기처럼 창가에 있는 화분에서 동백꽃이 먼지를 흠뻑 뒤집어 쓴 채 한 송이 두 송이 시들시들 피어나기 시작했다. 붉은 꽃인지 하얀 꽃인지 구분이 잘 안 갔지만 동백꽃은 꽃잎을 쉽사리 벌리지 못하고 말라만 갔다.

나는 어째서 사랑을 위해 죽을 수 있다고 말을 했을까.

이제 내 사랑은 붉다 못해 금방이라도 피 뚝뚝 흘릴 바닷가의 그 동백꽃이 아니었다.

소금기를 가득 품고 바다냄새를 마음껏 쏟아낼 해풍과 함께 사는 그 동백꽃이 아니었다.

내 사랑은 창가의 동백꽃처럼 먼지만 뽀얗게 뒤집어 쓴

채 점점 시들어 갔고 대신 고민은 나날이 탐스럽게 살찌어 갔다.

어디에서도 떳떳하게 내놓고 말할 수 없는 무엇, 그것은 현실이 인정하지 않는 불행한 불륜이었다.

밤마다 어둠이 가시도록 도란도란 별 이야기가 촉촉이 잠긴 관계.

풀 향기 풀풀 날리는 들꽃의 비밀을 캐어 바람이 노니는 바구니 속에 채우던 관계.

이 모두를 아침햇살 속 이슬처럼 흔적 없이 지울 수 있는 것이 불륜이었다.

고단한 나의 삶에게 그녀는 앙칼진 목소리에다 이별이란 말을 담아 선물로 선사했다.

우리 사랑은 아름다운 거짓말이었노라.

그녀를 향해 부르르 떨던 그리움이 벼랑 아래로 한없이 떨어졌다.

그녀가 없으면 못 산다던 다짐 봄눈처럼 녹아 온데간데 없이 사라졌다.

지금은 바람 불면 떨어진 꽃잎이 되어 동백 숲을 홀로 이리저리 떠돌아야 할 몸일 뿐이다.

사랑의 상처가 아물기도 전 벌써 동백꽃이 다 떨어졌지만 늘 동백꽃이 활짝 핀 망각을 안고 나는 슬픈 사랑을 찾아 길을 떠난다.

길을 묻는 나그네 되어 푸른 바다가 보이는 남쪽나라로 이어도 전설을 들으려 슬픈 길을 떠난다.

2 • 채송화

〈백목련〉 최금진 作

여보세요

여보세요
이젠 일어나 새가 나라간
아침을 밟고 걸어봐요

껍질 깨고 나온
여인의 수다 질색이지만
지난 밤 가슴 적신
별빛 기억한답니다

비비 비틀려 시작해
바른 줄로 엮인 새끼줄처럼
정, 그런 것 아닌가요

여보세요
이제 사랑 강요 말아요

별아

밤마다
천장 꽃인 줄 알고
춤추며 달려드는 나비
지켜 봐다오

먼 하늘
떠도는 영혼의
무수히 찢긴 그리움
지켜 봐다오

그물에 걸린 듯
그 자리에서 맴도는
눈먼 사랑
지켜 봐다오

오늘 (결혼에 부쳐)

그리움이 넘치면
언젠가는 만난다 했지
꿈이 새벽 문 열고 온
오늘이 그날

한 걸음 내려앉은 하늘
작은 배 돛 빌려 단
미소가 훨훨
흰 구름으로 떠가지만

살다가 생긴 변명은
밤마다 빛나는 별
늘 아름답게 바라보며
이별 생각하는지도 모르지

가슴에 붉은 노을로 번진
아, 첫사랑
세월이 흔적마저 지워
이제 타인으로 여겨질지라도

낮게 핀 꽃이
비바람 두려워않는 것처럼

우리 삶은
아무 조건 없이 참는 거야

보름달

산둥을 짚고
벌거벗은 달 떠오르는 날
나는 수풀 속으로
몸을 밀어 넣고 말았다

신음하며 달려온
몇 날을 굶은 늑대처럼
달 그림자 세심히 핥다
한 모금 찔끔거려도

밤하늘에는
터지면 수없이 쏟아질
육체의 사랑
펄럭인 살빛 휘감고 있다

인연

아픈 속살 보이며
흘러가는 냇물은
넓은 세상
이미 기다리고 있을
인연 찾기 위한 것이라네

높이 올려보며
번져 가는 구름은
푸른 하늘
아득히 떠돌고 있을
인연 맺기 위한 것이라네

떠나면 그리운 인연
발끝에 채인 듯 뒹굴고
곁의 나무처럼
나는
먼 꿈을 꾸고 있다네

바람

꿈처럼
그대 허리 붙잡고
벼랑으로 떨어지는 그리움
그것이
세상 어디에서도 맞이할
바람의 시작일 줄이야

가시인 듯
따끔거리며 찔러오는
아린 가슴엔 이별이 살고
그대 바람 따라 간
옛사랑을 찾는다

거품 물고 끓는
이젠 참을 수 없는 미움
찬바람 속엔
나의 허기진 미련
바람 불면 생각난다

한강

야윈 햇살이 쏟아져
다시는 돌아올 줄 모를
먼 이야기가 흐르고
어쩌다 한번 타오른
붉은 노을도
살아야 한다는
누군가의 바쁜 일상으로 흐르고

다리가 있음을 알리는 조명불에
단지 다리의 모양만을 알리는
그 불에
하늘을 건너온 철새들
어느 불이 별 불인지 가늠하다
아침이면
교각이 고목 나무인 줄 알고 낮았다가
이내 발끝이 싸늘함을 느끼어
물 속으로 내린다

시끄러운 이야기 가득 차 흐르는 강
철새는 무엇이 그리 기쁜지
종일 물소리에 귀를 열고
별빛이 유난스러운 밤

철새보다 가난한 사람들은
찌든 벽에 붙어사는
달력의 숫자 솎아내고 있다

라일락

네 영혼은
봄바람 속에 사는가 보다
내가 아무리 멀리 있어도
봄바람 불면
너는 향기로 찾아와
내 마음 미치도록 흔들고

네 영혼은
봄을 무척 사랑하는가 보다
내가 아무리 사모하여도
봄 떠나면
너의 향기도 사라지고
추억마저 남기지 않는다

땀

네 몸에서
반짝여 쏟는 빛
한바탕 살다
절정의 몸부림으로 죽고

축축한 추억은
땀의 흐름
참을 수 없이 쏟아진 잠
정사는 수면제

늘어지며 사라진
젖은 땀
어느 빛나는 보석인 양
감추어 찾겠지

약속

당신 없으면 죽는다고
왜 그 말했을까
이별 후 다시 피지 못할
그 꽃이 내 사랑인데
작은 배 약속 싣고
파도 위에 출렁이네

고요히 추억 헤치고
하늘 빛나는 별
내 가슴에 쏟아지는데
가면 다시 못 올
구름은 그리움 싣고
저 하늘 그렇게 흘러갔네

채송화

그녀는 누군가가 이사갈 때 놓고 간 채송화가 다복한 화분 하나를 주워 햇빛이 따가운 창문 가에 두었다.

마시던 물을 찔금 뿌려 줘도 채송화는 시루 속의 콩나물처럼 소복하게 자랐다.

키는 작지만 살이 통통한 채송화.

잎마저 동글동글한 것이 보면 볼수록 귀여워 시골길 작은 초가집 뜰 앞에 앉아있는 느낌을 준다.

햇살을 비처럼 뿌리는 여름날 날개를 반짝이며 마당을 한바퀴 휘젓고 떠나는 고추잠자리, 나무 그늘의 고요를 아프게 찌르고 자지러지게 우는 매미, 멀리 떠난 아들이 돌아와 금방이라도 열릴 것 같은 낡은 문.

아무도 살지 않아 오가는 이 없는 외딴집의 뜰을…….

그녀는 화분에 물을 뿌려줄 때마다 채송화가 점점 자신을 닮고 있다는 것을 느꼈다.

– 도둑이야 –

도둑이 언제 들었다가 언제 갔는지 아침에 눈을 뜬 옆집에서 도둑의 흔적을 발견하고는 크게 놀라 외쳐댔다.

– 뭘 가져갈 게 있다고 –

밖이 여간 시끄러운 것이 아닌데도 그녀는 짧은 몸을 길게 누워 뒹굴거리다 그만 일어났다.

– 어 꽃폈네 –

발그레한 한 송이 채송화가 아침을 보고 웃고 있었다.

마음에 사랑이 없으면 죽은 삶이다.

누군가를 그리워하는 것도 행복이다.

세상에 맛없는 음식이 있어야 못 뚱뚱하지.

별 반찬 아닌데도 그녀는 밥 한 그릇 간단하게 해치우고 거울 앞에 앉았다.

옆집에 도둑이 왔다간 사이 그 사이에 핀 창문의 채송화 꽃처럼 그녀는 정성을 다해 화장을 했다.

북새통.

언제나 비린내가 질척거리는 어물전에서 이미 익숙해진 솜씨로 생선 머리와 꽁지를 자르고 몸통을 토막낸다.

위험한 칼질 속에서도 사람 그림자만 보여도.

― 물 좋은 생선이 싸요 ―

자신의 미모에 스스로 주눅들어 멀쩡하게 생긴 허우대만 보고 선택한 남편에게 얻은 것은 단지 속앓이 뿐이었다.

변한 것이 있다면 공장대신 시장으로 일터를 바꾼 것이고, 그 허우대 좋은 남편은 마음이 부처님 다음으로 좋은 인간인지 아니면 꼭지가 덜 떨어진 인간인지 시장의 뭇 사내들이 자신의 여자를 치근거려도 저렇게 못난 여인을 누가 엎어가랴 하는 마음일까 그저 못 본 척 아니면 씩 웃고 만다.

그녀는 시장 천덕꾸러기로 때로는 앙칼진 모습으로 상인의 한 가족이 되어 그 날을 들풀처럼 억세게 살았다.

싸락눈이 흩날리는 찬 계절 노점에도 추위는 찾아왔다.

두툼한 옷 위에 우비를 입고 장화를 신으면 좌판에서

튀기는 오물과 더불어 추위를 막을 수 있어서 좋았지만 화장실에 가서 일보는 것은 여간 불편한 것이 아니었다.

그녀는 궁리 끝에 팬티 없는 몸에 널널한 내복과 바지를 입고 그 위에 우비를 입었다. 그리고 깡통 하나를 준비하고는 회심의 미소를 지었다.

멀리 갈 것도 없이 주변 눈치를 살핀 다음 옆과 뒤를 가린 바람막이 판자 안에서 준비한 깡통을 바지 속에 넣고 앉아 일을 보았다.

참 편리했다.

내용물은 하수구에 쪼르르 버리고 빈깡통은 좌판 밑에 엎어놓으면 그만이었다.

깡통에다 오줌 누는 것 그녀만의 행복으로 언제나 즐겨 사용했지만 세상에는 비밀이 없다.

언제나 그러하듯 오늘도 그녀는 깡통에다 일을 보고 내용물을 하수구에 버린 다음 빈깡통을 좌판 밑에 엎어 놓았다.

- 이상하다 -

갑자기 엉덩이가 추워져 바지 속 안을 맨손으로 더듬어 보니 내복이 축축하게 젖어 있었다.

그녀는 깡통을 들고 자세히 살피다가.

- 어느 놈이 내 깡통에다…… -

그녀는 큰 소리를 지르려다 그만 입을 다물었다.

- 아 망신이여 -

그녀가 잠시 자리를 비운 사이 시장 한 망나니 친구가 깡통에다 작은 구멍을 뚫어 놓았던 것이다.

- 킥 킥 킥 -

시장 한 구석에서 보이지 않는 귀신 웃음소리가 들려오
는데.

    — 이년 남편을 뭘로 봐 —

있으나 마나한 허깨비 같은 남편이 낮술이 거나한 뜬
성으로 괜한 자신의 존재를 확인했다.

    — 그래요 이 세상에서 당신이 최고요 —

터지는 울화통에 눈 부릅뜬 생선 몸통을 후려치고.

    — 엄마 돈 줘 —

남편 복 없는 년은 자식 복도 없는 걸까.

말만한 딸이 꼭 자기가 맡겨 논 돈처럼 용돈을 수금해
갔다.

    — 이 철없는 계집아 —

青山無言春風月詩

昔壬申孟夏石鐵頭金熙濟書

〈청산〉 김희제 作

어둠

짙은 어둠을 보려고
불 밝혀 사방 휘둘리지만
금세 어둠은 사라지고
불이 닿을 수 없는 곳에
뽀얀 죽음이 누워 있다

한 방울 물 샐 틈 없는
사랑과 이별
한없이 비난하다 잠든 밤
나는 땀이 밴 몸으로
그 여인의 벗은 꿈꾼다

까맣게 서있는
망각의 불 앞에선
쑥맥같이 말못하고
가혹한 흉터만 새기는
어둠 속을 파고든다

그리움

소원해진 틈으로
날카롭게 꽂힌
목안에 가시 하나 간직하고
보일 수 없는
고통의 날을 산다

어떻게 대답하랴
큰 목소리로 말을 하면
더욱 찔러오는 아픔
이제는 쉽게
삼킬 수도 없는 사랑

외로운 하루
흰 꽃으로 뜬
하얗게 질린 낮 달은
소리 없이 기우는
저 그리움

새

흔들리는 나무에
새 한 마리
어느 사랑 먹고
누구를 위한 노래인가

푸른 잎에 그렁그렁
그리움 맺히고
보이지 않는 시련
이미 하늘을 나네

새는
스친 바람을 쪼아
뿌리처럼 사방으로 뻗는
노래를 새긴다

황혼

마지막이라 불리는
이미 기운 하루의 끝자리
쉰 목소리처럼 눈물겨워
두려울 수 없는
저녁 하늘 바라본다

황혼이라 불리는
어둑한 고개에 서면
다시 돌아갈 수 없는 청춘
지난 밤 꿈이라기엔
하루가 너무 짧다

지금 누구를 불러
저녁 하늘 바라 볼 것인가
그리운 별
빤히 내려다보는
그 길을 가야겠다

이슬

밤하늘엔
이미 억겁의 인연된 별

세월가도
보이는 건 오늘 그 별

얼어붙은 위기의 시간에
별빛이 어려

내 그리움
떨어질 위험에 서 있다

밤새 웃던 여인
언제까지 사모해야 될까

벌써 새벽은
하얀 눈물 쏟고 떠났는데

바다

바다
네 이름을 불러본다
너는 언제나 보이는 그대로지만
바라보는 내 작은 가슴은
무엇이 그토록 거세게 두드리는지
거친 숨을 고르기도 전
설레임의 구멍이 뚫리고 만다

파도의 등 타고 바람은 달려
굴뚝같이 빈 가슴엔
해초가 줄기줄기 엉키고
언제까지 살아야할
물방울이 깨지고
마음은 그물 되어
바다 이야기를 건지고 있다

오늘
물새처럼 알몸으로 뛰어든다
물결은 일어서서
조개의 채워진 그리움 열고
나는
부서진 하얀 물방울 편지를 쓴다

잠시였지만
철썩이는 파도의 가슴에
파란 마음 모두 묻고
도전했다 추락할
세상에 소금기로 흩어질
바람난 사랑을 한다

입술

붉은 노을
가슴에 그렇게 세워놓고
그리운 날이면
흐른 꽃잎 입술 적신다

어느 때가 될까
입술에 번진 그리움 지워지도록
껍질 갓 깬 새 새끼처럼
헐떡이며 빨아 삼킬 날은

눈감은 오늘
지워도 지워도
여전히 떨리는 그대 입술
마지막 외로움이 탄다

창가에서

고깃간인 줄 알았습니다
이미 이 세상이 아닌
눈물로도 참지 못할 슬픔이 내린
지붕 아래
취한 정신을 유혹하는
붉은 육체들이 어른거렸고
피를 날로 마셔야겠다는
파렴치한 모기처럼
나는 침을 움켜 세우고
사정없이 달려들었습니다

정말 몸 파는 줄 알았습니다
꽃 수놓은 듯
살빛 아련히 반사되는 공간
차라리 어지러워 눈감았지만
숲의 날개 다친 새인 양
아픈 신음소리가
강가에 흐른 안개처럼
방안 자욱하게 흘러
그만 꿈속에 사정했습니다

그저 허무했습니다

무엇이 그렇게 뜨거웠는지
쾌락 붉게 담금질하고
– 한번만 더 –
아쉬움을 소리쳐 빌었지만
– 돈만 내 –
어디서부터 잘못 든 길인지
흰 뼈 드러내고 웃는 여인은
더 이상 사모해야 할
연꽃 보살이 아니었습니다

유채꽃

밀린
파도소리 듣는다

유채꽃
흐르는 세상

님
오늘도 소식 없어

이 봄
내 사랑이 진다

할미꽃

내가 어린 날 홀로 살던 이웃집 할머니가 돌아가셨다.

어린 나이에도 그 상여소리가 왜 그리도 구슬프게 들리던지 장례식에 참석했던 모든 사람들과 함께 눈시울을 붉혔다.

일부 사람들은 상여를 좇아 산으로 갔고 일부는 남아 어지럽힌 자리를 스스로 알아서 정리했다.

나는 할머니가 쓰시던 물건을 모아 한 보따리 싸 메고 나서는 어느 할아버지를 따라 마을 밖 시냇가로 나갔다.

아직 한기가 남아있는 시냇가에는 냇물이 졸졸거렸고 버들가지는 잠투정하는 아이처럼 꽃눈이 소복했다.

꽁꽁 언 겨울에는 썰매를 미끄러져 타고 물이 무릎까지 차 오른 여름에는 송사리 붕어 미꾸라지를 잡던 시냇가에서 할머니의 유품을 태우려는 것이다.

할아버지는 불에 잘 타도록 할머니가 남기고 간 물건들은 풀어 헤쳤다.

할머니는 살아 생전 어떤 옷을 입고 무슨 물건을 쓰고 있었는지 모든 것이 무척 궁금했던 내 눈에 여러 가지 물건 속에서도 유독 속살같이 뽀얀 여자 고무신이 들어 왔다.

누가 언제 사주었는지 한번도 신지 않은 새 고무신이 그대로 봄 햇살 속에서 환하게 웃고 있었다.

고무신이 귀한 시절이지만 얼마나 귀한 고무신이길래 죽을 때까지 정중하게 장롱 속에 모셔 놓았을까.

그리고 얼마나 어루만져 봤을까.

할머니가 돌아가시고 난 다음에야 문밖으로 나온 고무신이 지금 불에 타 사라지려고 알몸을 내보이고 있는 중이었다.

하지만 할아버지는 사정없이 할머니의 물건에 불을 질렀다.

불은 금세 활활 타올랐다.

그 귀한 고무신은 할머니 등처럼 굽어지면서 다른 물건보다 더욱 기 세게 검은 연기를 내뿜으며 탔다.

삶 속에서 가장 행복할 때는 마음에 아무 욕심이 없을 때다.

할머니는 무엇 때문에 그 고무신을 애지중지 했을까.

그 고무신이 아까워 어떻게 눈을 감았을까.

아무리 귀한 물건이라도 쓰이지 못하면 소용이 없는 것.

새 고무신이건 헌 고무신이건 타고나면 그만인 것을.

곳곳에 어린 시절의 꿈이 촘촘히 박혀 있는 시냇가에서 할머니의 영혼이 연기로 변해 하늘나라로 올라가고 있었다.

새벽이
배고픈 명상으로 온다
허리 굽은 수레에
봄을 싣고 왔다.
얼마나 허기진 그리움이었을까.

4 · 호박꽃

〈호박〉 조경환 作

서민

바람이 돌아가고
찾을 수 없는 이웃
게딱지같은 집들이
다닥다닥 붙어
이제 여닫을 수 없는 출입문
얼마나 더 붙어야
머리에 이고 있는 납작 그리움
하늘나라 별 될까

어둠이 내리고
그 속에서 무엇을 찾을까
열린 사이로
하수구에서 놀다온 파리 떼 마냥
때없이 날아든 고지서
순간 마음 전부 태우고
일조권 찾아 헤맨다
간신히 탈출한 지붕 위
하늘나라엔 별이 바짝

사랑

꼬질 꼬질한 개뼈
구석구석 굴러다니다
어쩌자고 내 발에 채었나

그 개 뼈 위해
언제나 죽을 수 있는
가슴앓이 시작되고

사랑이 곧 이별인 것을
꽃비에 눈멀어
마지막 선택이 그대였네

눈물 서성거리던 길
다시 개뼈 굴러다녀도
남들은 눈여겨보지 않는다

인생

삶을 알려거든
활짝 피었다 시드는
한 송이 꽃을 보라

사랑에 눈멀어
아무 것도 보이지 않으면
꽃이 핀 때이고

미소 속을 헤집고
이별이 다가와 훌쩍이면
꽃이 시든 때이다

인생을 알려거든
낙엽마저 사라진
빈 가지를 보라

흰머리

흰머리 몇 개 뽑았다고
세월이 정지한 건 아니야

흰머리 하나 뽑다
검은머리 두 개 뽑을 수 있어

돈이 나의 전부인 양
목숨 바쳐 돈만 사랑했고

부자의 꿈이 너무 길어
이불에 오줌 싼 것은 몰랐다

낡은 나무등걸처럼
한없이 거칠어진 그리움

어디로 떠난 지 모를
잃어버린 청춘 노래하는데

나는 세월을
구긴 휴지처럼 창 밖으로 던졌다

어쩌라고

나 싫어 떠난 사람
두고 원망 말자

꽃잎에 붙은 나비
어쩌라고

마음에 외로움 스미면
먼 하늘 바라보지

떠도는 바람 속에
웬 그리운 푸념을

좋은 사람 따라간 것을
어쩌라고

영산홍

그대 이름
겨우내 목 터지도록 불렀습니다
조급한 가슴
뜨거운 입김 불어넣고
잔가지에 머물고 있는
사소한 이야기
활활 타오르기를

그대 모습
겨우내 눈물로 그리워했습니다
지친 마음
몸살로 나르는 새 되어
봄 노래 외치고
가지 곳곳에
꽃눈 터지기를

여름철새

이제
모든 것 털고 가자
사랑도
미움도
그리움도

계절 따라 울다
여름을 버리고 떠난
철새 빈 둥지엔
부스러진
꿈 허물 투성이

날개 없는 여름
내가 가고 있다

파도

흰 수건 입에 물고
하늘 무너진 슬픔으로
미친 듯 몸부림친다

산맥처럼 단단한
푸른 등줄기
쉼 없이 흔들어대고

피 흐름 막힌 가슴
언제나 쳐 부시는
그대는 파도

메밀꽃

달빛보다 뽀얀
구름 꽃 보았는가

별빛이 내린 날
메밀꽃 피었다

그 옛날엔
작은 그릇속 가루 되어 채우는
배고픈 설움이지만

지금은
입맛이 반죽되는
바가지의 끈끈한 멋

그대 흰머리처럼
산길엔 메밀꽃 핀다

텃밭

남들은
손바닥이라고 말했지만
나는
마음 꿈 골고루 심었다

이랑을 긋고
고추
가지
오이를

잡초 한 뿌리 뽑고 하늘 보면
새소리 떠가고

오늘도 흙을 털고 있다

호박꽃

다 아는 이야기지만

옛날 어느 바보가 있었다. 그 바보는 누가 동전 오백 원과 백 원을 놓고 어느 것을 가질래하고 물으면 어김없이 백 원을 가지고 간다. 마을 사람들은 그 모습이 재미있어 바보만 만나면 동전놀이를 했다.

마침 그 마을을 지나가던 나그네가 그 모습을 보고 바보를 한적한 곳에 데리고 가서 물었다.

- 왜 오백 원을 갖지 백 원을 갖느냐 -

그러자 바보가 하는 말.

- 쉿 아저씨만 알고 계세요. 제가 오백 원을 집으면 누가 두 번 다시 동전놀이를 하겠어요 -

모처럼 아내와 함께 분위기가 괜찮은 음식점에 간 적이 있었다. 이 때 아내가 대뜸 하는 소리.

- 여기 어떻게 알았어. 언제 누구하고 왔었어 -

따지듯 신경질적으로 묻는 아내의 말에 맛이고 분위기고 할 것 없이 기분이 한꺼번에 싹 잡쳤다.

속으로 이런 웬수 다음부터 꽁보리밥 한 그릇 있나봐라 하고는 지금까지 아내와 함께 음식점은 물론 그 비슷한 어느 곳도 가지 않고 있다.

부부는 악연이 만나는 것이라고 한다.

그래서 부부는 두 시간만 같이 있으면 자연 싸움이 일

어난다고 한다.

세상에 이렇게 좋은 곳도 있었네. 음식 맛도 좋고 깔끔하고 운치 있고 정말 괜찮은 집이네. 앞으로 맨날 맨날 자주자주 왔으면 좋겠네. 이렇게 호들갑을 섞어서 말을 했더라면 얼마나 좋았을까.

같이 텔레비전을 보다가.

– 저 남편은 아내에게 저렇게 잘하는데 당신은 뭐야 –

따질 때면 채널을 홱 돌려버리고 싶지만.

– 저건 연극이야 같이 보는 내가 잘못이지 –

투덜거리는 잠을 청하면.

– 집구석에 쳐 박혀 속 터지는 짓만 하고 있네. 내 전생에 무슨 죄가 그리도 많아 저런 인간 만났을까 –

이혼이란 말을 그렇게 쏟아낼 수가 있을까.

자다가 내 그것이 서 있으면 아내는 그것을 꽉 움켜 잡고.

– 왜 이래 누구랑 하려고 이렇게 빳빳하게 섰어 –

내 그것이 마치 자동차 수동기어라도 되는 양 기어변속하는 식으로 앞뒤 좌우로 흔들어대고. 또 내 그것이 시들어 있을 때면 그것을 톡톡 손가락으로 얄밉게 치면서.

– 이게 뭐야 누구랑 하고 왔나 –

참 따질 걸 따지고 의심할 걸 의심해야지 내 그것은 제 마음대로 서지도 죽지도 못할 어정쩡한 괴로운 운명을 안고 태어난 모양이다.

어린 시절이 고스란히 묻어있는 고향에는 지금도 잊을 수 없는 선배 한 분이 살고 계신다.

그 사람은 군에 갈 때까지 콧물을 훌쩍거렸고 말씨조차

어눌하여 별명을 콜보라고 불렀다.

군 생활을 무사히 마치고 어찌하다 취직도 하고 늦게나마 자신의 집에서 그리 멀지 않은 곳에 사는 시골 색시를 데려와 결혼을 했다.

부인은 그동안 시골에서만 자랐지만 촌사람답지 않게 남편이 출근할 때면 양복을 차지게 손질하여 입히고 다린 손수건을 연애편지보다 곱게 접어 양복주머니에 넣어주고 구두 또한 말간 정성으로 닦아 남에게 언제나 반듯한 모습을 보이게 했다.

처음에는 그 모습이 갓 쓰고 양복 입은 것처럼 양복 입고 고무신 신은 것처럼 영 어울리지 않았지만 시간이 가면서 몸과 옷이 하나가 되기 시작했다.

부인은 시골 농사일의 바쁜 와중에도 뒤란 커다란 고무통에 물을 미리 받아 놓고 남편이 퇴근하면 햇빛에 미지근하게 데워진 물로 어린 아이 목욕시키듯 벌거벗기고 박박 닦아주었다.

세월이 가고 고향에는 때깔 좋은 신사 한 명이 태어났다. 그 신사는 고향 청년회장이 되어 지금도 청년회를 훌륭하게 이끌어가고 있다.

늘 정을 달라 사랑을 달라 하는데 뭐가 손에 잡히고 뭐가 눈에 보여야 주지, 정이 물 같으면 바가지 넘치게 퍼주고 사랑이 꽃이라면 한아름 가득 안겨주겠지만…….

현명한 여인은 무엇을 요구하며 무엇을 바라지 않는다. 상대가 스스로 알아서 하게끔 생각과 분위기를 이끌어 준다.

애호박은 애호박대로 쓰임새가 있지만 호박은 늙을수록 세월의 단단한 광채가 빛을 발해 그 값어치가 더욱 크다. 세상에는 버릴 사람 한 사람도 없다.

어디 한군데 써먹을 데가 없어 보인 첫인상이라 할지라도 늙은 호박처럼 늙어가며 그 사람의 진가가 나올 수도 있다.

모처럼 반가운 친구를 만나 대포 값 몇 푼 부탁하면,

– 돈은 무슨 돈 당장 쳐 먹고 죽으려도 없어 –

악을 쓰며 싸울 듯이 대든다.

어쩌다 술 한잔하고 들어오는 날이면, 돈 몇 푼이나 번다고 술이나 쳐 먹고 돌아다니느냐 술 냄새 더럽게 난다느니 코골아 못 자겠다느니 지겨워 못살겠다 이렇게 밤새워 한국 전란 때 인민군 따발총처럼 잔소리를 쏘아댄다.

과음으로 쓰린 속을 달래며 출근하는 남편 등에다,

– 가다가 꽉 죽어버려 –

단지 돈 못 번다는 이유만으로 가슴에 대못을 박아서야 되겠는가.

남편을 부처로 보면 자신은 관세음보살이 되는 것이고, 남편을 임금으로 보면 자신은 왕비가 되는 것이고, 남편을 거지로 보면 자신은 거지 마누라가 되는 것이다.

남편을 흉한 괴물로 여기면 그 괴물하고 사는 자신은 무엇인가.

마누라 구박받고 오래 사는 놈 출세하는 놈 못 봤다.

곁에 평화롭게 잠든 남편이면 그만이지 어느 년하고 술 마시고 놀다왔나 하는 의심으로 자신이 무슨 수사관인 양 남편 지갑과 핸드폰을 일일이 뒤지고 확인하는 것은 자기

신세 자기가 볶는 것이다.

자식이 빤히 바라보고 있는데도 거르지 않는 막말로 남편의 권위를 무시하는 것은 가정을 무너뜨리는 행위다.

꽃밭을 떠나 꽃피울 수 있는
그대 세상에
썩어도 도려낼 수 없는
이 마음이 사네

낙타 등에 난 볼록한 혹이 보기 싫다고 그 혹을 없애면 낙타는 사막에서 살아 갈 수 없을 것이고 코끼리 코가 너무 길다고 그 긴 코를 짧게 자르면 코끼리 또한 굶어 죽을 것이다.

아내가 가장 고마울 때는 거짓말을 알면서도 믿어줄 때다. 아내에게서 행복을 느낄 때는 남편의 마음을 미리 헤아려 부담을 덜어줄 때다.

눈만 뜨면 퍼붓는 악담 속에 남편이 일찍 죽고 또 과부가 된다면 팔자 고칠 일이 무엇이 그리도 많을까.

돈 많고 명 짧은 홀아비 찾는 여자처럼 남자도 돈 많고 명 짧은 과부를 찾고 있다.

병신 남편이라도 없는 것보다 있는 것이 낫다고 한다.

극장 안에 몸을 다 비춰 볼 수 있는 대형거울이 유독 많은 것은,

– 네 꼴을 봐라 –

너는 화면 속 주인공이 아니니 꿈과 현실을 구분하라는 것이다.

멋있게 스쳐 가는 타인과 남편을 비교할 게 아니라 자신을 멋있고 교양 있는 여인과 비교하며 자신의 마음을 두드려 그 안을 낮게 들여다보면 모든 것을 알 수 있다.

- 똑똑 -

- 누구세요 -

- 나세요 -

- 저 섹시한 여자보다 예쁜가 -

- 아니 -

- 저 여자보다 돈이 많은가 -

- 적지 -

- 저 여자보다 인기가 많아 사내들이 싸인 해 달라고 아우성 치는가

- 아니지 -

- 세상에 태어나 어떤 상이라도 받아보았는가 -

- 상은 무슨 상 밥상뿐이지 -

- 그럼 뭐가 잘났다고 이 세상에 하나 뿐인 남편을 구박하는가 같이 살아주는 것만으로 고맙다고 해야지 -

하지만 나의 현실은,

때지나 들어와 혹시 밥상이라도 차려줄까 하는 마음에,

- 밥 있어 -

물으면 마누라는 누운 채 쳐다보지도 않고 귀찮다는 듯,

- 밥이 밥통에 있지 어딨어 -

소리치면,

- 네 고맙습니다. 밥 있는 곳 알려주셔서 -

대답 후 밥을 한 공기 퍼놓고 새로운 반찬이 있나해서,

– 반찬은 –

문자마자 마누라는 사정없이 신경질을 있는 대로 쏟아
버린다.

– 반찬 냉장고 있지 그런 걸 왜 물어 –

– 네 고맙습니다. 반찬 있는 곳 알려주셔서 –

밥을 꾸역꾸역 먹고 있는데 마누라의 나긋한 말이 들려
온다.

– 요즘 살쪄서 큰일이네 –

(이년아 밥을 굶으면 되지)

입 밖으로 튀어나오는 것을 간신히 가슴 속에 붙잡아
매어놓고.

– 든든한 몸매 현재가 가장 보기 좋습니다 –

나의 일기다.

우유프라 카지아..

생명력이 강한 식물이랍니다.

누군가 좋은 지나가는 생물체가 조금이라도 몸체를 건드리면

그냥 부터 시름시름 앓아 겨울에 죽고만다는 식물.

생명력이 강해 누구도 접근하기를 원하지 않는걸로 알았던 식물.

몇 년 동안 이 식물을 연구한 박사가 있었는데.

이 식물은 어제 만졌던 그 사람이 내일도 모레도 계속해서 만져주면

죽지 않는다는걸을 알게 되었답니다.

생명력하다라 생각했던 그 식물은 오히려 한없이 약한 식물이 아닐까.

우유프라 카지아는

아프리카 깊은 밀림에며 공기중 수분의 물과 햇빛으로만 사는 음지식물이며.

사람의 영혼을 갖고 있다고 합니다.

누군가 건드리면 시들해져 죽어버리는. 그러나 한번 만진사람이

지속적인 애정과 관심으로 만져주면 생명을 유지하는 우유프라카지아.

당신은 누구의 우유프라 카지아 입니까?

누가 당신의 우유프라카지아입니까?

내가 누군가에게, 누군가 나에게 지속적인 애정과 관심을 준다는것.

우리는 그것을 잃어버리기 전엔 그 애정과 관심의 소중함을 잘 모르며

오히려 부담스러워 하기까지 합니다.

그런날 그 소중함이 우리 에게서 사라졌을때

그때서야 우리는 기억하게 됩니다.

곁에 있어 소중한 것. 너무도 편안하고 일상속에의 티나지 않는 소중한 것.

이제 그런 소중한 것 들을 찾아서 좀더 가꾸어야 하겠습니다.

당신의 우유프라카지아를 위해서..

당신을 우유프라카차아로 둔 누군가를 위해서..

〈우휴프리기치이〉우정옥 作

선녀에게

먼 하늘 바라보고
애타게 불러 본 이름이
나뭇잎으로 떨어져
내 마음 연못에 파문이 일면
그대 선녀 되어
날개 옷 모두 벗고
알몸으로 들어오세요

다급한 목소리 아니라도
지킬 수 없는 약속이라도
내 마음 연못은
이 모두를 정성으로 받아들이고
기쁨이 자생하도록
낮은 물안개를 띄운답니다
이제 고심하지 마세요

밀밭에서

햇살이 내리고
몸이 부딪 쳐 소리내는
꿈꾸는 밀밭에서
벙어리 여인 기다리네

껍질 갓 깬 듯
앞을 더듬거리며
습한 땅 기어서 올
눈 먼 여인 기다리네

구름이 내리고
파도치는 밀밭에서
엎드려 다시 일어나지 않을
죄 많은 여인 기다리네

서리

그만 떨어지기를
목 아프게
하늘에 매달린 연시를 보다
밤을 딛고
얼음가루 뿌리며 돌아오는
그대 보았네

길을 걷다가
철없이 넘어진 추억
이삭으로 남기고
뼈 없이 물렁한 서리
하얀 감기 되어
햇빛 속을 가네

불나방

여름 밤하늘
그리움이 가득 고여있어
별빛 쏟아지고

뿌리를 맞댄
벌레처럼 엉금 기어간 사랑
불에 타죽는
미친 짓이라 한다

얼마나 외로움이 쌓였으면
푸른 하늘
마음껏 날지 못하고
한목숨 다하는
불장난할까

죽음보다 견디기 어려운 것은
한 여름밤의 꿈

빈들에 부는 바람

허수아비 기운 들
멀리 들려오는 소리는
혼자 가는 이의
쓸쓸한 휘파람 소리

아무도 남지 않은 들
홀로 세상을 깨우는 것은
보이지 않는 저 새
날아라날아라

어제는 무심히 지나치고
오늘은 아주 잊었다
지푸라기 잡고
빈들에 부는 바람아

마른 그리움이 눕는
땅 위에 낟알이 뒹굴고
무심한 세상 살기 싫다
슬픈 세상 죽기도 싫다

비닐우산

홀쭉한 날개를 펼쳐
하늘을 덮으려는
아득한 몸짓

파란 하늘인가
훤히 내다보이는 마음
또 무엇을 감출까

날개 접은 몸
오늘 문설주에 기대어
외출 날 추억하다가

봄비 오는 날
빗방울 통통 튀고
꽃잎 마음 흐른다

분꽃

그대 나비 되어
꿀물 한 방울
달콤히 빨고 떠나면 그만이지만
나는 그대 생각에
밤을 끌어안고 울다
그 날
언젠가는 씨앗으로 쏟고 말
꿈을 임신한다

그대 너울너울
기쁜 날갯짓으로
또 다른 꽃 찾아 떠나지만
가장 행복한 시절
내 가슴에 눈물 스며
초라한 꽃자리
검은 꿈 쏟는다

들꽃

돌밭에 뿌리를 박고
나만의 행복으로
바람 휑한
빈 길을 지킨다

떨어져 다 버린
별들의 꿈
끝없는 목마름 안고
들길 걷는다

안개 속을 헤매다
길을 잃고
가슴 꽃불로
돌밭에 들꽃이 핀다

새벽이슬

어둠의 눈물일까
붉은 꽃 흔들고 타는
촛불 앞에서
뚝뚝 별빛 부러트린
새벽이슬
이 밤 누가 놓고 갔을까

몹쓸 전염병처럼
그리움이 옮아
물든 사연 시들어 간다
누구도 간직할 수 없는
새벽이슬
누가 발 적시며 갔을까

휴식

병든 마음
물소리에 흘려보내야 하는
휴식은 아름다워야 한다

누워서 바라보면
푸른 하늘엔 흰 구름
아득히 머리 위로 밀려가고

모두 잠든 밤에도
바람은 잎새 쉼 없이 흔들어
상처 아물지 못하지만

참다가 지친 육신에
산들바람 끌어 덮을 줄 아는
휴식은 아름다워야 한다

박꽃

－ 많이 이뻐해 주세요 －

그녀는 정성 있게 인사를 했고 손님은 반갑다며 다방 내에서 가장 비싼 차를 주문했다.

－ 날 도와주러 서울에서 일부러 여기까지 왔지 않겠어 요 －

수다로 한 청춘을 보낸 마담이 그녀를 뭉게구름처럼 둥실하게 푸른 하늘로 한껏 띄우고 손님은 그 말에 고개를 연신 끄덕였다.

너나할 것 없이 정이 듬뿍 넘치는 시골 다방에서 가릴 것 없이 가슴을 모두 열어 보이는 사람들이 담보다 높은 지체된 사랑을 허물고 첫 만남 속에 아픈 이별을 위안하는 순수를 일렁이는 순간이었다.

잠시였지만 한가족이었던 손님이 빈 찻잔에 그리움을 남기고 떠났다.

먼 곳에서의 첫 출근이었지만 왠지 마음이 끌렸다.

봉선화 꽃물의 손톱이 빨간 첫사랑 진달래꽃을 깨물던 아릿한 어린 시절이

묻어있는 고향처럼 포근하기만 했다.

찻잔을 들고 있는 그녀에게 마담이 다가와 그녀의 귓전에다 느물느물 속삭였다.

－ 오늘저녁 멋진 곳에 가서 먹자 －

그 말이 무엇이 그리 대단하다고 간첩 접선하듯 다가와

속삭일까.

　아무튼 그녀에게는 모든 것이 철철 넘치도록 속속들이 흡족한 배려일 뿐이었다.

　젊음이 좋다.

　인간 꽃 한 송이에 다방 안이 갑자기 환해졌다.

　식당은 숲 속의 궁전처럼 나무들이 울창하게 서있는 산 속에 다소곳하게 있었다.

　새삼 밀려오는 수풀냄새 속에서 풀벌레가 찌륵찌륵 운다. 일찍 찾아온 초저녁별이 머리 위에서 빠끔히 내려다 본다.

　마담은 뜨거운 숯불 위에서 지글거리는 고기를 그녀 앞으로 놓아주며 못 다한 수다를 늘어놓고.

　술이 거나한 그녀의 얼굴엔 붉은 꽃 노을이 번졌다.

　숨을 참고 침을 삼키며 바라보는 눈 속에 복숭아꽃이 활짝 핀 봄이 한창이었다.

　그녀는 손님따라 길을 나섰다.

　- 내일 늦게 나와도 괜찮아 -

　돈과 여자의 몸 진정 떨어져 살 수는 없는 것일까.

　그녀는 주머니 속에 있는 두툼한 돈 봉투를 만지작거리며 뽀얀 박꽃을 올린 담 길을 걸어갔다.

　그리움의 줄기를
　초가지붕에 올리는 이 밤
　누가 있어
　달 빛 속을 거니는가

욕심의 수풀 속에서 꿈꾸는 나에게
달빛의 아름다움을 보여주고

그녀는 달리는 차창에 기대어 한없이 울었다.
흘러도 흘러도 주체할 수 없이 흐르는 눈물 또 눈물.
― 그 문둥이 자식이 처음 온 아가씨마다 그 짓 한다고 ―
그녀가 밤을 지새워 몸바쳐 정을 나눈 손님이 나병환자
였던 것이다.

― 이 문둥이 같은 놈 ―
억울함이 사무쳐 미쳐 펄쩍 뛰어본들 어디에다 하소연
하랴.
몸을 닦고 또 닦아 피부가 벗겨지도록 닦아도 몸은 벌
레가 기어가는 듯 스물 거리기만 했다.
이제 죽어야만 하는가.
아니면 문둥이 여편네로 살아야만 하는가.
그녀는 자신이 나병에 옮은 줄 알고 그 길로 식음을 전
폐하고 누웠다.

나는 지나가는 인연을
잠시 잡고 있을 뿐이었네

― 그래 병원이라도 가보고 죽자 ―
거울을 드려다 보았다.
― 이런 이렇게 지저분한 귀신이 있나 ―
그녀는 부스스 일어나 어기적 기어 화장실 바닥에 풀썩

널부러진 채 수도손잡이를 돌렸다.

샤워기에서 찬물이 소나기처럼 마구 쏟아졌다.

샤워기를 머리 위에다 갖다 댔다.

물은 머리를 흠뻑 적시고 몸을 휘감으며 줄줄 흘러 내렸다.

시원했다.

어느 정도 몸을 추스른 그녀는 용기가 나지 않아 차마 병원은 못 가고 대신 다방 일을 다시 시작했다.

하얗게 또 날씬하게 수척해진 그녀에게 사내들이 침을 곳곳에 세운 벌떼처럼 달라붙었다.

— 미스 박이 최고야 —

그녀는 그날부터 많이 보채는 놈 순서대로 안아줬다.

— 임마 너도 문둥이 돼봐라 —

6 • 안개꽃

〈바다〉신해성 作

압력밥솥

가스 불 위에서 활활
하얀 엉덩이를 디밀고
어둠이 내린 듯
고요히 앉아 생각한다

물을 덮고 낟알로 침전된
고된 삶의 길목에서
밥통 속에 들어 갈 것이
어찌 양식뿐이겠는가

시간이 타고
뜨거운 몸통 가쁜 숨은
자지러진 풀벌레 울음
요란한 세상 깨운다

꽃씨

껍질 속 외로움
내 마음에 묻고
밤하늘 별 태어나듯
땅엔 꽃잎 반짝이기를

나뭇잎 푸른 벌레
이미 세월을 갉아도
지금 보이는 건
어린 그 별

의심의 하얀 창
연신 두드리는 파문이
이제 물결로 흘러
오늘 꽃 피었으면

@ *

습지에 사는 놈 잡아다
이름 하나에 한 놈씩
이메일이란 부호로
전자 주소에 가두고

느리고 느린 엉덩이
번개 치듯 전기로 지져
놀란 순간
그대 화면 속에 와있다

내 이름 속에 사는
그 달팽이 한 놈
불꺼진 외로움에 울어
이젠 숲으로 보내야겠네

* @는 이메일 부호

부부싸움

눈감은 어둠인 채로
안보고 사는 것이 나아
차라리 떨어져
잊고 사는 것이 나아

사랑 가시거리 안에
근거 없는 그리움으로 남아
내치지도 못하고
들이지도 못하고

삐꺽거리며 굴러가는
이미 헐거워진 정
그 누구도 벗을 수 없는
등에 붙은 굴레인가

비 맞으며

비 오는 날이면
가슴 태우며 솟은
열병을 위하여
피 철철 적시는
세상을 간다

비 오는 날이면
마음 찢으며 지운
이별을 위하여
떨고 있는 환상을 깨고
그대 생각한다

정육점에서

소
어느 부분인지는 몰라도
아직 숨이 남아 있을 듯한
붉게 잘린 조각에서
나는 왜 시장기를 느끼는가

새들이 깃을 펼쳐
푸른 틈으로
잘생긴 모습을 비춰보는 하늘
낮은 바람에
무희가 정겨운 풀 세상
지금 살아있어야 할 꿈이
도마 위에서 사라진다

가끔
구름이 촉촉이 흐르는
부신 빛을 쳐다 본
말간 유리창 같은 두 눈
그렇게 쉽게 감을 수 있는가

멀리 떠난 이야기
시린 가슴에

작은 풀씨로 박혀
아직도 풀 냄새 부드러운데

길

나는 나그네
언제나 떠돌고

그대는 그리움
여기서 기다리네

찬이슬에
슬픈 별 적시며
사랑한다면

사랑한다면

사색의 시간을 주자

잠들어 고요한 새
빛 깬 아침이면
하늘 소란하게 나는 것을

사랑한다면
약속을 강요 말자

꿀 다 빤 나비
바람 속 질병처럼
다른 꽃 찾는 것을

외로움

그대 몹시 그리워
전화통 숫자를
쿡쿡
젖꼭지 생각하며 누른다

봄바람 목소리를 기다렸지만
전류 탄 음성은
- 나 오늘 바빠요 -
수화기 무겁게 떨어졌다

이름 모를 계집 사러
만만찮게 여관을 간다
- 방 없어요 -
괜히 차비만 버렸네

꽃이 필 때까지

님 앞에서는
늘 환하게 웃는 꽃이지만
겨울엔
얼지 않는 몸부림으로
가슴 까맣게 태우다
거친 바람 행진에
두려운 잠을 깼다
겨우 눈 떠 세상을 바라보면
부신 햇살이
머리 벗겨지는 일사병
장대비처럼 뿌려
이 땅 어디에도 머물지 못 할
외로움 젖어 들고
이제 피할 수 없는 슬픔
푸른 잎새에
한없이 떨어트렸다

오늘도 웃는 꽃이지만
도란도란 별 이야기
목 떨어지게 바라보다
긴 밤 지새우고
꽃길 자근자근 갉는 잡초 속에서

지워지지 않는 꿈
꽃잎 끝까지 번지도록
간직한 눈물
남김없이 흘려야했다

밤길

마음 등 밝히고
고요히 밤길을 간다

저만치 등불의 춤
나풀거리는 그림자

한낮 허우대 멀쩡한
타는 태양 빛은 어디에

별이 내려다보는
졸린 꿈속을 걷고 있다

안개꽃

금실이 좋은 부부가 살았다.

서로 사랑하며 존경하며 아끼며 사는 것이 부럽다 못해 시기가 날 정도로 부부 금실이 아주 좋았다.

덧없는 세월 속에 이 부부도 죽어 하늘나라로 갔고 하늘나라에서는 남자가 지상에서 살 때 한 여인 사랑했으면 가슴에 연꽃 한 송이 달아 주고 두 여인 사랑했으면 연꽃 두 송이 달아주고 세 여인 사랑했으면 연꽃 세 송이를……

이렇게 남자의 가슴에 연꽃을 달아주었다.

남편보다 하늘나라에 늦게 도착한 부인이 남편 있는 곳을 찾아가며 살펴보니 남자들은 가슴에 모두 연꽃을 달고 있었는데 대부분 한 두 송이 달고 있었지만 가끔은 여러 송이 단 사람도 있었다.

부인이 남편을 찾아 한참을 헤매다 어느 한 구석에서 꽃을 덮고 누워있는 사람을 발견했다.

– 내 남편은 아니겠지 –

부인이 다가가 누워있는 사람을 자세히 살펴보니 진정 남편이 안개꽃을 덮고 있었다. 가슴에 연꽃을 다 달 수 없어 안개꽃을 한아름 안겨준 것이다.

금실이 좋은 부부가 또 죽었다.

하늘나라에서는 여자가 한 남자 사랑했으면 고구마 하

나 주고 두 남자 사랑했으면 고구마 두 개 주고 세 남자 사랑했으면 고구마 세 개를⋯⋯

이렇게 여자에게는 고구마를 선사했다.

부인보다 하늘나라에 늦게 도착한 남편이 부인을 찾아가니 부인이 이고 있는 광주리에는 고구마 하나가 달랑 담겨져 있었다.

― 역시 내 마누라야 ―

남편이 부인에게 눈물나는 고마움을 안고 다가가는데 순간 부인이 이고 있는 광주리에 고구마 몇 개를 더 얹혀 주는 것이 아닌가.

남편은 크게 실망하여 가던 길을 돌려 부인이 거처하는 곳으로 가 방문을 무심코 열었다.

― 이런 ―

남편은 그만 고개를 떨구고 말았다.

부인은 이미 고구마 한 광주리를 자신의 방에 쏟아 놓고 다시 가지러 간 것이다.

한때 온 나라를 발칵 뒤집어놓은 자유부인 이야기, 지금에 아득한 고전이 된 것처럼 유부남과 유부녀가 만나 사랑을 하면 불륜이라 하기보다 왠지 애교로 보이는 것은 무슨 까닭일까.

이 사회에서 지탄받는 불륜은 아직 성숙되지 않은 어린 소녀와의 원조교제라고 할 수 있는데 같은 모기라 할지라도 일본 뇌염모기가 아주 몹쓸 모기인 것처럼 원조교제도 일본에서 만들어진 천하에 못된 형태다.

하얀 커튼이 드리워진 듯 눈앞에 어릿한 세상.

남과 여가 만나 마음이 이끌리면 바람났다고 정의한다.

모두가 자유인이 되고 싶은 이 현실 속에서 마음에 드는 이성을 보면 자신도 모르게 마음이 이끌리는 것을 어찌하란 말인가. 상상마저 접고 살라하는 것은 가혹한 주문이다.

그대만을 사랑하다 그대하고 하얀 홑이불을 같이 덮고 동시에 하늘나라를 갈 수 있을까…….

푸른 파도가 흰 물결로 부서지며 밀려오는 안개꽃을 온몸으로 안을 수는 있어도 나 죽어 연꽃 한 송이만을 달기를 원하지 않는다.

상대의 여인이 누구인지는 몰라도·내 눈에 비춰간 여인 내 삶 속에 얼마나 많았던가. 그것이 나 혼자만의 짝사랑이었다면 연꽃을 반으로 잘라 반쪽만 달아야 할 처지 아닌가.

누군가 말했지

― 개똥밭에 굴러도 저승보다 이승이 낫다 ―

그대가 등뒤에서 소금을 하얗게 뿌리며 재수없다 해도 훗날 가슴에 안개꽃 한아름 안는 그런 사랑을 나는 그린다.

죽어 은하수의 나라 안개꽃 농원으로 떨어진다 해도 그 여인들이 앞에 나타나 주기를 매일매일 나는 소원한다.

별이 쏟아지는 밤 야윈 사랑이 스러지는 잠들 수 없는 신음의 밤을 내가 가고 있다.

7 · 참외꽃

〈대나무〉 보경스님 作

병든 잎새

마지막 그대 손잡고
꿈꾸는 영혼 되고 싶어요
기둥 같은 어깨에 붙어
한세상 그렇게 살자했는데
풀벌레 울음 듣다 잠든 날
그만 바람은 불고
병든 잎새
잡은 손놓고 말았어요

마른 땅위에 한없이 굴러
부상으로 누운 그리움
어디로 밀려 추억할까요
오솔길 끝 언덕에서
흰 구름 잡고 서있는
목숨보다 소중한 사랑
덧없는 신세한탄 속으로
이제 바삭이며 들어갈까요

새벽이슬

어둠의 눈물일까
붉은 꽃 흔들고 타는
촛불 앞에서
뚝뚝 별빛 부러트린
새벽이슬
이 밤 누가 놓고 갔을까

몹쓸 전염병처럼
그리움이 옮아
물든 사연 시들어 간다
누구도 간직할 수 없는
새벽이슬
누가 발 적시며 갔을까

고향생각

무쇠 날
호랑이 꿈꾼 재수 없는 강아지
널브러져
죽는다 홀로 짖어대고
산을 빨갛게 흐른
진달래 한 꽃잎 깨물어
미열만 남긴 추억
밤새
피 토하고 날아간
그 소쩍새는 어디에
빈 가지에 걸린 구름
눈물로 바라보아도
떠난 사람 소식 없다
여름 밤 반딧불처럼
세상에서 가장 작은 별로 사라진
내 그리움

자리

둘이 머문 자리
아무 흔적 없어야는데

처음엔
사랑을 마음껏 흩트리다

나중엔
이별을 늘어놓고 만다

인연을 물고 간
새 한 마리였다고

홀로 된 지금
바보처럼 기억하고 있다

홍시

밤을 딛고 온 서리
하얗게 펄럭이면
그대 돌아올 줄 알았어

긴 목 부러지도록
하늘엔 붉은 사랑
그만 떨어지기를 기다리며

추억을 걷다
옛날로 철없이 넘어진
계절의 이삭

다시 올려보아도
먼 하늘엔
뼈 없이 물렁한 노을

불륜

가슴에
불화산 한 조각 안은
한 잎 꽃배
장대비 속에 띄워놓고
표류해야할 강
유유히 거슬러 오르길

다 잊으라는
이제 징검다리 건너
순간순간
사랑의 둥지에 불지르고
뜨거워 펄쩍 뛰는
불륜의 실체를 본다

취기

거나한 주름이
붉게 물결친다

하늘엔 저녁노을
예정된 시간에 번졌을 뿐인데
나는
지난 일을 잊으려 한다

진달래 빛깔
오늘도 하염없이 바라보고
밤을 더듬거린다

편지

그대여
이 한 목숨 드리오니
고히 받으옵소서

아침 이슬같이
헛된 꿈인 줄 모르고
작은 언덕을
커다란 산맥처럼 넘는
사랑 편지를 쓴다

아직도 내 사랑
태양보다 찬란합니다

우리사랑

우리사랑
태양같이 뜨거워
그 누구도 가질 수 없지만

우리사랑
사연이 밤별같이 많아
그 누구도 헤아릴 수 없지만

꿈을 깬 날
그리움과 미움이 범벅되어
마음에 적개심이 박혀

우리사랑
찰나 속 별똥별인 양
반짝이다 타버렸다

하얀 눈물

마음 한 모서리 깨지고
도망가는 동물처럼
커다란 아픔으로
몸 투명한 빙벽 오른다

유난히 빛나는 별
명 짧은 유성으로 떨어져
담장 안 꽃밭에
빨간 꽃잎에 어우러지고

쫓겨온 바람 속엔
이제 심각한 사연들
사랑 받지 못한 마음은
사랑 줄 줄도 모른다

석류

진실을 말하기 어려운
부실한 나에게
붉은 주머니 매달고
가지 휘청이는
배앓이의 고통 주었다

붉은 노을의 계절
시든 잎새처럼
이미 쳐진 몸 이끌고
감당하기 어려운
보석잔치를 열었다

별빛으로
무수히 띄워 보내야 할
보석주머니의 사연
돌아갈 수 없는 가을 하늘에
커다란 몸살로 누웠다

참외꽃

바람이 숭숭한 원두막은 언제나 시원했다.

네 기둥 위에 밀집을 엮어 지붕을 만들고 그 중간에 마루를 깐 다음 밀집 창을 작대기로 받쳐 놓으면 한여름의 땀 그늘 속으로 사라진다.

땡빛 아래 호미를 들고 쪼그려 한나절을 보내고 원두막에 올라 차가운 우물물에 국수 한 그릇 말아 먹고 낮잠 한숨 늘어지게 자고 나면 삶 자체가 커다란 행복이다.

붉은 해가 저만치 갔을 때 낮잠에서 깨어 담배 한가치 피워 물면 줄기엔 노란 참외꽃.

세상 어느 사랑이 이보다 소중할까.

장씨는 머리맡에 손바닥만한 라디오를 켜놓고 옛 노래를 듣다 깜빡 잠들었다가 깼다.

목침을 바로 베고 참외밭을 천천히 둘러보다 그만 크게 놀랐다.

모기장에 얼굴을 바짝 대고 자세히 살펴보니 참외밭 끄트머리에 있는 어둠 속으로 누군가가 사라지고 있었다.

흑백 영화 속에서 하얀 소복을 입고 나오는 귀신, 그런 모습이 참외밭 저편으로 흔적을 안고 사라졌다.

─ 여자 귀신이 왜 참외밭에 나타나는 걸까 ─

아무리 생각해도 황당한 일이었다.

장씨는 짧은 여름밤을 지새우고 동이 트자마자 귀신이

나타난 곳을 가보았다. 별다른 흔적은 없었지만 분명 참외 몇 개가 없어졌다.

장씨는 바로 단단한 참나무를 구해 큼직한 몽둥이를 만들어 그날 밤부터 그 몽둥이를 머리맡에 두고는 라디오 소리를 더욱 줄인 다음 참외밭 먼 외각을 주시했다.

밤이 깊을수록 바람마저 잠들어 모두 죽은 듯 고요만이 밀려왔다. 어둠을 풀벌레가 갉고 있을 뿐이었다.

하지만 밤은 아무 일 없이 그렇게 지나갔고 장씨는 개구쟁이 아이처럼 늦잠을 자고 말았다.

장씨는 다음 날도 다음 날도 깊은 잠을 이루지 못했다.

― 내가 헛것을 본 걸까 분명히 참외 몇 개가 없어졌는데 ―

장씨는 잠들 수 없는 몸을 뒤척이다 갑자기 긴장했다.

참외밭 저 먼 곳에서 희끗거리는 하얀 물체가 보였다.

장씨는 숨을 죽이고 머리맡에 두었던 참나무 몽둥이를 움켜 잡고 살그머니 원두막을 내려와서는 흰 물체를 향해 허리를 나직하게 숙이고 소리 없이 다가갔다. 흰 물체는 다가갈수록 하얀 소복을 하고 긴 머리를 풀어헤친 여자 귀신이 틀림없었다.

장씨는 숨이 넘어가도록 뛰는 가슴을 진정시키며 어둠의 검객처럼 몽둥이를 비스듬히 두 손으로 꿇어 잡고 한 걸음 한 걸음 그림자처럼 가까이 가서는,

― 꼼짝 마 대들면 죽인다 ―

몸 속에 가득 찬 무서움을 한꺼번에 씻어내는 장씨의 큰 외침이 갑자기 고요한 밤을 쩌렁하게 울렸다.

그러나 하얀 귀신은 그 자리에서 얼어붙은 듯 꼼짝 않

고 서있을 뿐이었다.

　내려칠 듯한 몽둥이의 사정거리 안에서 귀신은 바들바
들 떨며,

　- 살려줘요 -

아주 작은 목소리로 처절하게 말했다.

　- 누군데 남 참외밭에 들어왔어 -

장씨는 자신의 마음에 남아있는 마지막 무서움을 다 털
어 내듯 다시 한번 크게 소리쳤다.

　- 살려줘요 -

귀신은 더욱 떨며 목숨을 애원했다.

　- 따라 와 -

하얀 귀신은 참외 몇 개가 든 흰 광목자루를 땅에 끌리
듯 들고 시든 풀잎처럼 흐느적거렸다.

　한밤중 원두막 등불만이 은은히 빛나고 있었다.

　- 아직 젊은데 왜 이런 짓 하오 -

　- 애들하고 배가 고파서요 -

　- 남편은 어디 가고요 -

　- 죽었어요 -

　- 이런 그런 아픔이 있었구먼 -

알만했다. 살기가 너무 어려운 아낙이 생각다 못해 귀
신 흉내내어 참외 서리를 한 것이다.

　이제 무슨 이야기가 필요할까.

　- 기왕 딴 참외니 가지고 가세요. 내 누구에게도 말하
지 않으리라 -

　- 죽을죄를 졌어요 -

　다음날 장씨는 아무도 모르게 그녀의 집에다 쌀 한 자

루를 갖다 놓았다.

　찬란한 여름.
　원두막은 참외의 고향이었다. 어둠 속에 숨어있는 인연
이 반딧불 되어 반짝이며 밤하늘을 날아간다.
　－ 툭툭 －
　누가 원두막 사다리를 두드렸다.
　－ 누구요 －
　장씨는 벌떡 일어나 아래를 쳐다봤다.
　－ 올라가서 말씀드리겠어요 －
　그녀는 조심조심 원두막으로 올라왔다.
　－ 이 야심한 밤에 웬일이오 －
　－ 너무 고마워서요. 진작 찾아뵙고 인사드렸어야 했는
데 －
　－ 뭐가 고마워요 －
　－ 쌀 주신 것 다 알아요 －
　－ 뭘 그런 걸 가지고…… －
　－ 전 아무 것도 가진 게 없어요 －
　－ 염려 붙잡으세요. 바라는 것 없습니다 －
　고요한 세상 밤별이 소곤거렸다.
　－ 절 안아줘요 －
　－ 안 되는데 －
　장씨는 어느새 그녀의 손목을 잡고 있었다.
　한밤중 남과 여가 마주앉은 원두막. 그 상대가 누구인
지는 몰라도 애틋한 감정이 어찌 일어나지 않겠는가.
　세상에서 가장 외로울 때는 그대가 나를 잊었을 때다.

그녀는 남자의 가슴을 마구 파 들어갔다.
희미한 등불처럼 한 여름 밤은 그렇게 기울고 있었다.

미래시선 128

동백꽃

지은이 | 유재원
펴낸이 | 임종대
펴낸곳 | 미래문화사

찍은 날 | 2003년 7월 5일
펴낸 날 | 2003년 7월 10일

등록 번호 | 제3-44호
등록 일자 | 1976년 10월 19일
주소 | 서울시 용산구 효창동 5-421
전화 | 715-4507 / 713-6647
팩시밀리 | 713-4805

Homepage | www.mrbooks.co.kr
E-mail | miraebooks@korea.com
        mirae715@hanmail.net

ⓒ 2003, 미래문화사
ISBN | 89-7299-260-7 03810

정가 | 5,000원